KB043801

문학시선 131

금사랑 시집

문학의식

추천의 글

한진수 (백석예술대학 이사장)

세상의 많은 사람들은 행복을 추구하며 살아갑니다. 그러나 현대사회는 황폐하고 메말라 올바른 사고를 가지고 삶을 살아간다는 것은 극히 힘들고 어려울 수밖에 없습니다.

이러한 중에 저의 사랑하는 딸이 이번에 마련한 세 번째 시집 〈밀담〉은 서로 신뢰하지 못하는 사회의 갈등 구조 속에 마른 땅에 생명의 단비가 되어 갈증난 영혼들을 치유해 줄 수 있을 것입니다.

시 한 편마다 생명의 소리를 듣는 듯 섬세하면서도 서정적이고 아름다운 시들이어서 많은 사람들에게 읽히고 싶습니다.

봉사와 사랑을 몸소 실천하는 바쁜 일상 속에서도 틈틈이 시상을 떠올리고 그 상념을 놓치지 않고 그 시구들을 한 권의 시집으로 내놓는 것은 큰 은혜요 축복이 아닐 수 없습니다.

이 시집은 그녀의 본질이 얼마나 부드럽고 다정다감한

사람인가를 보여주고 있습니다. 특히 이 시집에 수록된 시편들은 자연의 아름다움과 삶의 애환을 있는 그대로 진솔하게 토해 놓는 시인의 열정이 있습니다.

　더구나 그녀의 깊은 신앙심은 지구촌 원주민 어린이들과도 한마음이 되어 그들의 마음에 사랑을 심어주는 그녀의 마음도 녹아있습니다.

　이 한 권의 시집은 도시생활에 찌든 우리들에게 잃어버린 정신적 본향에의 정서를 환기시켜 줄 것입니다.

　우리는 좋은 이웃과 좋은 친구, 좋은 책을 늘 간구합니다. 이 시집을 통해 시인의 아름다운 영혼의 울림이 독자들 마음 속 깊이 스며들었으면 하는 바람으로 이 시집을 추천합니다.

2015년 유월에

시인의 말

나는 언제나
신의 은총을 입은
시인이 되고 싶다

어쩌면
끝없이 시를 써야 하는
사명을 가지고 태어났는지도 모른다
나의 시가 영원히 살아있기를 바라는 마음이니까…

시는 나의 삶이요
시는 끝없이 태어나는
나의 생명이다

차례

| 1부 |
| 여름 |

2부
가을

3부
겨울

밀담

월미도의 네온 점멸등이
비에 젖어
바다와 밀담을 하고 있다

입술의 교감으로
빨주노초파남보를 연출하며
긴 시간의 정열을 쏟아내고 있다

모두가
잠든 밤에도 계속되는 밀담

성공의 노트

어려운 공식을 버려라
문제는 단순성 원리다

자신의 뛰어난 실력보다
성실과 인내로 성공하라

실패가 성공의 어머니라면
인내는 행복의 주인공이다

천년의 미소

그대의 사랑이 영원하다면
한 점 부끄러움 없는
내 천년의 미소를
오직 당신께 드리겠습니다

내가 기다리는 것은
어떤 가식도 없는
하늘의 진실한 사랑으로
가슴이 식지 않는 용광로처럼
장작불을 피워 줄 수 있다면

내 천년의 미소를
오직 당신께 드리겠습니다

멋스러운 비밀 자켓

철이 없어
꿀꺽 삼켜 버렸다고
생각하지 마
단지 위험수위의 경계선이
보이지 않았을 뿐

하늘이 알고

니 알고 내가 안다는 것을

계절은
걷잡을 수 없는 돌풍으로
겨울 바람은 불명이 되어
하얀 눈발마저 버릴 것을
그렇게 또 계절이 가고 있는거야

고장난 시계

내 속에 자동시계가
쉬지 않고 뚝딱뚝딱
종을 울리며 가고 있다

예고 없는 무관심이
경계의 벽을 만들어 버리면
관계의 형성이 무너져
고장난 시계가 되어 버리고

내 속에 숨어 있는
정이란 수동시계를 꺼내어
따뜻한 보수 공사를 한다

따뜻한 심장이 온 몸을 녹이며
경계의 벽을 허물어
또다시 생명의 꽃이 피고

시계 바늘은 현재 진행형으로
뚝딱뚝딱 쉬지 않는다

여자의 율법

겸손한 여자에게 존중을 배우고
온유한 여자에게 온화함을 배우라

슬기로운 여자에게 총명을 배우고
지혜로운 여자에게 깨달음을 배우라

성실한 여자에게 참 됨을 배우고
정직한 여자에게 바른 마음을 배우라

순종하는 여자에게 복종을 배우고
사랑스러운 여자에게 아름다움을 배우라

눈덥힌 모래성의 황무

내게 보이는 것은 사막
내가 가야하는 곳도 사막
불투명한 삶이 우리를 기다린다

그러다가 회오리 바람이
마구 쓸고 가면
눈덥힌 모래성의 황무

끝도 없는 횡단의 고단함은
오랜 세월 속에 묻혀
죽은자의 시체처럼 말이 없다

살아야 한다는 신념의 목걸이가
내 목에서 떨어지지 않아
그냥 목에 걸고 휘청거리며 가고 있다

밤이 지나고 아침이 온다는 기별에
꿈을 꾸며 끝없이 걷고 있다

해송의 노래

노을빛 물든 바다
전설의 이야기가
고요히 흐르고 있다

한 많은 여인들의 이어도
해녀들의 설움이
바다가 되어 배를 띄운다

일출봉에 해가 뜨고
월출봉에 달이 뜨면 오시려나

오늘도 해 저문 언덕에서
스치는 바람소리를 들으며
그리움으로 마음을 달랜다

파란 하늘의 정직한 말

비굴한 사랑을 구하지 마
생명의 소리가 들리지 않아

별빛 총총히 수를 놓아 주면
밤 하늘의 축복이 내게 오는 거야

파란 하늘의 정직한 말로
사랑의 노래를 부르자

그날을 잊었습니다

밤비가 슬픔에 젖어
한없이 흐느끼며 내리던 그날

고요히 모두 잠든 밤에도
잊지 못할 그대를 위해
그 사연의 편지를 쓰던 그날

천년의 그리움 하나로
사랑의 배를 띄우던 날
섬 하나 바다 속에 갇혀버린 그날

저녁 빛이 이별의 예견으로
쓸쓸한 바람소리를 내며
이별의 노래를 부르던 그날

눈물로 흠뻑 젖은 동백이
강가에서 그대를 위해
사랑의 세레나데를 부르던 그날

삶의 의미

어떤 사람은
사랑 한다고 말하고
어떤 사람은
미워한다고 말한다

그것은 진실과 거짓
또 다른 의미일지도 몰라

따뜻한 바람은
그 속에서 꽃을 피우고
찬바람은 엄동설한의
아픔을 토해낸다

이제는 설움의 노래일랑 만들지 말자
그리움의 노래로 한 편의 시를 쓰자

청계천이 시를 쓴다

꽃잎이 피기 전에
행복한 봄길을 걸었다

햇살이 따스한 봄볕의 조명으로
청계천을 따라 흐르다가
송사리 떼의 행복한 외출을 본다

앙증맞은 버들강아지
쫄랑대는 길목에는
봄나들이를 하는 아씨들이
청둥오리의 예식을 축하하고

파란 하늘은 먹구름이 칠까봐
아지랑이 너울 속에 살며시 잠들어
청계천의 푸른 숲을 꿈꾼다

바다로 가는 길

정동진의 동천과 이사천이
약속의 바다로 가는 날

바람 같은 전설의 바닷가에서
철지난 풀숲 가지가 흔들리고
잃어버린 넋이 잔물결처럼 흔들린다

바다 속에 숭어의 유영은
자유의 그림을 치듯
하늘빛에 반짝이며 뛰어 오르다가
은빛 흔적을 남기며 유유히 사라져 간다

햇살 치는 수평선에 피어나는
순결한 빛깔은
바닷새를 부르는 아침의 정경으로
하늘을 감동시키며 춤을 추고 있다

철새의 핑계

어떤 철새가 누더기 옷을 걸치고
청와대 앞에서 자랑 질을 하다가
생의 막차를 놓쳐서 구걸을 하고 있다

심사가 고약하니 여인이 떠나고 친구도 떠나가니
희망의 꽃이 지고 시련의 주름이 기러기가 되어
겹겹이 얼굴에 내려 앉아 빈 하늘만 바라보고 있다

그대의 꼭 다문 입이 위엄이 있었거늘
뻐꾹새가 지저댄다고 어찌 함께 노래할까
세월이 흘러가면 철새도 늙어지고
기운 산기슭에서 목 노아 울어댈 것을…

찔레꽃 당신이여

찔레꽃 당신이여
먼 길 떠나신지 오랜 세월
당신께서 가시던 날 밤에
달빛에 물든 찔레꽃 길에는
영혼의 빛이 피어 내려 앉은 듯
하얀 꽃송이가 활짝 웃으며
천국길을 밝히고 있었습니다

천년을 함께 할 것 같은
당신이였기에
눈물 고이고이 싸며 감추었건만
당신을 못내 아쉬워하며
보내드려야 했습니다

오늘도 그날처럼
당신의 정원에는
하얀 찔레꽃이 아름답게 피어
당신처럼 사랑을 속삭입니다

어머니
그립도록 애절하게
당신의 이름을 부르고 싶습니다
어머니 어머니 어머니
찔레꽃 당신이여

축복의 바다

천년의 세월을
그리움 하나로
보석의 꿈을 꾸는
당신의 바다여
태초의 생명으로
기도하게 하소서

어머니의 숨결
포근한 미소로
나를 바라보며
새아침을 맞이하는
당신의 바다여
감사하게 하소서

하늘 빛
파란 눈동자에
입맞춤 하던 날

꽃구름 속에 그림자처럼

영원한 사랑의 감동으로

노래하게 하소서

하얀 편지

하늘 궁창이 열리던 날
하늘에서 하얀 편지가 왔다

차가운 절벽 속에서
꽃을 피우기 위해
기도하며 내게 온 너

천년의 그리움 하나로
설국행 열차를 타고
사랑의 입맞춤을 하며
정열의 꽃을 피우고 싶다

그래 함께 떠나자
하얀 백설의 나라로

White letters
Gold love poet

Day was spilling open firmament heaven

White letters came from the sky

Cold bluff in

For smoking a flower

Pray you come to me

My eternal love song

Longing to one of the Millennium

Take a train in snow country

Kiss you and love

I would like bloom of passion

Yes departed with

Into the kingdom of Snow White

당신을 사랑합니다

이른 아침 창가에
햇살이 뜨겁게 부서져

꽃잎에 입맞춤을 하고
구름 속에 몸을 숨겼다

태양을 식히는 빗방울 소리
가슴을 적시는 여름의 향기

풀벌레들의 여름 축제가
무르익어가는 하늘 정원에서

여행을 떠난 님을 그리워하며
시인은 사랑을 노래하고 있다

한 편의 시를 엮어서
저 하늘에 가득 채우고 싶은 말

당신을 사랑합니다

I love you
Gold love

Window in the early morning
Crushed hot sun

The petals and a kiss
And hid the body in the clouds

Sun and rain sound cool
The scent of summer wet tits

The summer festival of full-worms
The sky ripened ripening in the garden

Miss the trip to the left by
The poet songs of love

The weaver of the classic poem
Say you want to fill the sky

I love you

해학과 인생 중계방송

아침에는 인생을 스케치하고
한낮에는 살아있는 생명들을 색칠하는
인생의 피곤이 곤곤하여 꿈틀거린다

삶이란 결코 피할 수 없는
종점이 있다는 것을
깨달을 즈음에
또 다른 인생여정의 꿈을
퍼즐로 채워 가는 삶의 미학

마침내 해학과 인생 중계방송은 계속된다

존귀하신 생명

목적도 없는 나무가
꽃을 피운다는 것은
새빨간 거짓말이다

아버지의 생명이 없는 고아가
사랑을 한다는 것은
새빨간 거짓말이다

둥근 지구를 돌아 억만년의 역사로
진실을 토해내는 별빛보다
아름다운 영혼의 생명이 존귀하다

그대의 손을 잡았습니다

빨간 우체통에 핑크빛 러브레터
수많은 별들이 빛나는 밤에
그대의 손을 잡았습니다

몹시 지쳐버린 날 위해
뇌막 속에 숨겨둔 그대의 기억
그대의 손을 잡았습니다

변함없는 그 자리
나를 위해 비워둔
천년의 약속 때문에
그대의 손을 잡았습니다

꿈

진실함과 정직함으로
겸손의 옷을 입은 그대여

이슬비가 내리기전에
그대 슬픈 미소를 감추어 주소서

생명의 존귀함으로 싹을 틔우고
보랏빛 향기로 꽃을 피우소서

먼 산 뻐꾸기도 노래하는 계절을 위해
추운 겨울 산에서 숨바꼭질을 하며
그대 위해 꿈을 꾸었습니다

정치꾼의 도박

철새가
하늘 구만리에서
떼를 지어와

회전의자에 걸터앉아
콩 반쪽을 갈라 먹자고
청문회를 하고 있다

내가 먹겠소
힘이 샌 놈이
꿀꺽 삼켜 버렸다

아! 잘가시오
농약이 묻어 있소

야생화

흐린 듯 여린 모습으로
잡초처럼 싹을 틔우며
홀로 얼마나 아파했을까
비바람 폭풍이 몰아치면
또 얼마나 두려웠을까

꽃을 피워야만 하겠기에
억센 정열로 참아야 했겠지
오솔길을 지나 거친 산기슭에
도란도란 예쁜 꽃송이들
사랑을 속삭이듯 활짝 웃고 있다

영원한 사랑

사랑하는 당신이여
아주 오래전에 영원 전에
천년을 기다렸을 것 같은 설레임으로
당신을 사랑합니다

우리의 사랑을 위하여
신의 은총이
가득히 내렸습니다

그대를 위해 시를 쓰고
그대를 위해 노래를 부르며
그대를 위해 춤을 추겠습니다

하늘 궁창에서 불어오는
바람소리 물소리가 우리를 위해
아침햇살 속에서
사랑의 세레나데를 부르며 축복합니다

이른 아침 그대를 위해

사랑의 입맞춤을 하며

그대의 숨소리에

귀를 기울이겠습니다

그대의 간절한 염원 속에서

죽음이 우리를 갈라놓을 때까지

영원히 그대를 위해

사랑의 노예가 되겠습니다

사랑하는 당신이여

바다속 이야기

자유의 공존
투명한 색체
신의 은총 속에서
헤엄을 치고 있다
형용 할 수 없는
비밀의 바다 속에서
물고기들의 행진이
축복을 열어 간다

44

가
을

깊은 산속 옹달샘

오늘도
또 다른 모험 속에
목마른 사슴이 시냇물을 찾듯
넓은 들판을 헤매며
뛰어 다니다가
지치고 쓰러져도
또 다른 골짜기를 헤매야 한다

높은 정상이 목적지라면
그 험한 산을 오르고 또 올라야
깊은 산속 옹달샘을 찾을 것이다

해우

하늘에서 내려 온 꽃비
메마른 대지위에 입맞춤 하고
연두 빛 여린 속살에 젖어드는 불꽃

기다림 속에 멍울지는 눈물
그 오랜 시간의 해우는
하늘이 내려 주신 축복의 연가

달콤한 사랑의 입맞춤 같은
황홀한 순정의 그 언약
죽음처럼 고요한 침묵의 약속이어라

가을의 노래

코스모스 길을 걸으며
국화꽃 그윽한 차향기 속에서
가을의 노래를 부르겠습니다

하늘 빛 파랗게 물든
호숫가를 거닐며
들꽃향기 흐르는 오솔길에서
가을의 노래를 부르겠습니다

다람쥐 숲속 길을 거닐며
머루 다래가 익어가는
10월을 꿈꾸며
가을의 노래를 부르겠습니다

천년의 미소 2

그대의 사랑이 영원하다면
한 점 부끄러움 없는
내 천년의 미소를
오직 당신께 드리겠습니다

내가 기다리는 것은
어떤 가식도 없는
하늘의 진실한 사랑으로
가슴이 식지 않는 용광로처럼
장작불을 피워 줄 수 있다면

나의 미소를
오직 당신께 드리겠습니다

그리움은 시가 되리

외로운 여자가
밤을 지새우며
그리움의 시를 쓴다

고독의 불빛이
종이위에 타오르고
수많은 사연들이
보석처럼 피어난다

정열을 꿈꾸는 여자
사랑을 노래하는 여자
여자는 그리움의 시로
마음을 달래며 꿈을 꾼다

축복

물소리 바람소리가
메마른 영혼
메마른 대지위에 흐른다

마침내
생명이 움트는 창조의 소리가
들려오는 새아침이다

영롱하게 피어나는
현란한 빛깔의 보석처럼

그 신비한
언어속의 비밀
그것은 사랑
그리고 축복이다

겸손한 빛깔의 정체
그 온유함속에서 창조
인류에 가득 찬

우주의 신비함은

끝없는 신의 은총이다

가
을

창조의 춤

노을빛 곱게
하늘에서 피던 날
그대를 위해
사랑의 춤을 춘다

하늘 궁창에서
불어오는 바람 소리가

온 땅 가득하게
사랑의 노래가 되어
즐거운 소리를 선포하며
평화를 외친다

축복의 새 아침
창조를 기다리는
인류의 공존은
끝이 없는 파도를 친다

Creative dance
Gold Love

Finely glow light

Impedance day in heaven

For you

Dance of love

In the firmament haven

Sound winds

Filled with earth

Melody of love

To proclaim the joyful sound

Cries peace

Blessing of the new morning

Waiting for creation

Coexistence of mankind

Endless waves of strikes

나는 너의 하늘이야

어느 날 하늘이 내게 말했어
너는 나의 하늘
파란 눈동자를 보았어

하얀 구름이
사랑의 입맞춤을 할 때
갈매기가 피아노를 치는
바다가 부르는 합창소리를 말이야

수많은 새들이 우주공간을 맴돌며
함께 춤을 추었지
나의 사랑은 정지할 수 없는
너의 하늘이야

이세상의 모든 것은
너를 위해 존재하고 있지
다만 네가 볼 수 없고
들을 수 없다는 것이지

매일 너는 눈을 감고 지루한 삶속에
너를 가두고 있잖아
너를 슬픔 속에 가둬버린단 말이지

저 하늘에 별들을 봐
너를 위해 밤하늘에 수를 놓으며
너의 기쁨이 되어 주고 있잖아

별들이 쏟아지는
저 호수에 잠긴 달을 봐
너를 위해 예쁜 미소로
사랑스럽게 웃고 있잖아

너의 마음속에 무거운 짐이
너를 아프게 할 때
너의 하늘에 먹구름이 덮히고
비가 내리는 것은
너를 위한 나의 위로의 눈물이지

네가 나를 볼 수 없고

나를 가질 수 없다면

나는 너의 슬픈 하늘이 될 꺼야

너의 마음에 창을 열어봐

매일아침 잠에서 깨어나는

너를 위해

태양은 찬란하게 떠오를 꺼야

아마 너는

너의 존재의 이유를 알게 될 꺼야

나는 영원히 너의 하늘이야

사랑해

카페의 고독

낭만이 흐른다
낭만이 부서진다
낭만이 노래를 부른다
그리고 겨울
수많은 흔적들 뒤안길
이제 고독이 숨 쉬고 있다
카페에서 음악이 흐르듯
얼어있는 강물 속에는
조금씩 봄을 꿈꾸며
꿈틀거리는 개구리들
그대들의 하품 소리가
내 귓가에 들려 온다
봄을 기다리는 카페
나도 봄을 기다린다

순수의 삶

꿈을 꾸며 바라만 보는
의미 없는 삶은
순수의 삶이 아니다

내게 밀도 높은
순수의 삶이 요구될 때
내 속에 욕심이란
찌꺼기를 버려야 한다

버릴 때 나를 채워줄 수 있는 삶
그것만이
순수의 삶이 될 것이다

Pure life

Show only hope to drem
Life is Meaningless
Life is not a Pure

Or a high density
Pure life when required
Greed is in my mind
Discard the scraps

Fill in discard a
Give the qualofications of the pure life

옹달샘

삶은 언제나
또 다른 모험 속에
목마른 사슴이 시냇물을 찾듯이
넓은 들판을 헤매며
뛰어 다니다가
지치고 쓰러져도
또 다른 골짜기를 헤매야 한다

그러나 높은 정상이 목적지라면
그 험한 산을 오르고 또 올라야
깊은 산속 옹달샘을 찾을 것이다

그대의 슬픈 미소

가로수 꽃길에 바람이 스치고
빗방울이 적시고 가면
그대의 슬픈 미소가 생각납니다

꿈속에서 행복한 일기를 쓰며
쌓아 올린 벽돌이 무너질때
그대의 슬픈 미소가 생각납니다

벽장 속에 갇혀버린 마음의 거울이
보이지 않을 때
그대의 슬픈 미소가 생각납니다

시인의 외출

양평 물줄기를 따라
시인의 오솔길을 따라
억새풀 휘날리는 호숫가에
머물다 머물다가는 시인

먼산 허리 휘어져 노을이 지고
땅거미 아롱거리며 춤을 춘다

길가는 나그네가 쉬어 가는 카페

낭만의 소리꾼들의 웃음소리가
은은한 고향의 향수를 뿌리며
또다른
인생의 꽃을 피우고 있다

아름다운 여행

하늘에 별이 초롱초롱
수많은 이야기를 남긴 날
밤새 내린 이슬 머금고
꽃을 피운 하늘 정원에
아침 해가 솟아 오른다

살며시 풀잎 속에
숨어 울던 풀벌레들이
모두 여행을 떠난 것일까
아무 일도 없었던 것처럼
풀잎 속에 이슬방울이 웃는다

삶에 목적

내가 산다는 것은
생명의 의미이고
내가 살아있다는 것은
축복의 선택인 것이다

내가 길을 걷는다는 것은
삶의 목적이 있다는 것이고
내가 꿈을 꾼다는 것은
계획된 삶의 성취가 있다는 것이다

내가 사랑할 수 있다는 것은
생명을 살릴 수 있다는 것이고
내가 축복할 수 있다는 것은
기적을 만들어 갈수 있다는 것이다

당신의 빛으로

당신을 사랑합니다
내사랑을
저 하늘 가득히 채워
당신께 드리고 싶습니다
하늘도 땅도 감동하는
시인의 노래처럼
수평선 너머 저 하늘까지
차곡차곡
먹구름이 볼 수 없도록
태양빛 그늘에 숨어
일곱 빛깔 무지개를 달고
사랑의 빛 하나
곱게곱게 새겨 두겠습니다
당신을 사랑합니다

새아침의 노래

영원전에 창조의 태양이
바다에서 잉태의 꿈을 꾸고 있다

혼돈과 공허의 바람이 불고
우주의 질서의 생기가 불어 온다

아침을 기다리는 고요한 밤에
신의 은총을 입은 태양이
거룩하게 존귀의 옷을 갈아 입는다

수평선 너머 양떼들의 합창소리
춤추는 파도에 하늘이 열린다

찬란히 빛나는 태양은
하늘을 향해 타오른다
거룩한 축복의 새아침이다

역사의 시조

태초부터
생명의 물줄기 솟아
영원을 노래하는 태백이여
강물이 흘러 흘러 바다로
바다가 흘러 세계를 꽃피운다

우뚝 솟은 기상
그 빛이 찬란한 영광으로
드높게 우리를 부른다

우리 함께 가자
영원한 생명이 있는 곳
영원한 노래가 있는 곳
영원한 소망이 있는 곳
영원한 사랑이 있는 곳
우리의 태백으로

나는 행복한 사람

추운 겨울
당신의 따뜻한 손을
잡을 수 있어서
정말 행복합니다

얼어 있는 내 가슴을
녹일 수 있는
당신의 따뜻한 가슴이 있어서
정말 행복합니다

찬바람이 불면
뿌리 깊은 나무처럼
바람을 막아주는 당신이 있어서
정말 행복합니다

내가 설움의 눈물을 흘릴 때도
따뜻한 손길로 눈물을 닦아주는
사랑하는 당신이 있어서
정말 행복합니다

내 사랑 어여쁜 자여

내 사랑 어여쁜 자여
일어나 날개를 달고
아픔이 없고 슬픔이 없는
아름다운 곳으로
훨훨 날아 가소서

벼랑 끝자락에서
벅찬 숨소리 몰아 쉬더니
못내 슬픔을 감추고
영원히 누이손을 잡자던
약속을 접어둔 채로
아쉬운 작별의 손을 흔들며
먼 길 떠나셨구려

봄 여름 가을
그리고 겨울이 지나고
많은 세월이 흘러도
그대 그리움으로 살려오
내 사랑 어여쁜 자여

편지를 씁니다

겨울이 차가운 절벽 속에
갇혀 버리면
봄바람이 불어온다고
진달래꽃이 말했습니다

나비가 꽃을 찾는
여름이 오며는
하얀 물안개가 핀다고
물새가 말했습니다

하늘은 바람에게 구름에게
하얀 편지를 씁니다

사랑에 대하여
매일 밤 쓰는
끝이 없는 수많은 사연들을

계절 속에 조금씩 꺼내어야 하기에

수수께끼 상자 속에 곱게 담아

강물에게 편지를 띄웁니다

마음의 편지

그리운 날 마음의 편지는
4월의 꽃잎을 타고
하나 둘 강물위에 떨어져
춤을 추며 5월의 꿈을 노래합니다

유채꽃 길에서
머물던 사랑이 익고
님을 기다리며 노래하던
진달래의 꿈이 익어
연두 빛 싱그러운 햇살 속에서
5월의 영롱한 꿈을 꿉니다

하늘이 내려 주신 축복의 계절
5월 신부의 하얀 속살처럼
부드러운 감촉 그리고 설레임에
그립고 그리운 마음의 편지는
또 다른 사랑의 예감입니다

침묵의 산

아무도 없는
고요한 시간
침묵만이 나를
끝없이 바라 보고 있다

높은 하늘도 아니다
아주 가까운 친구도 아니다
가끔 내 곁에 서성이다가
나를 그 속에 가두려 한다

그리고 나의 자유를 누르고
함께 침묵의 산을 오르잔다
또다시 내영혼의 잠을 청하며
나를 바보로 만들고 있는 것
침묵보다 자유의 산을 오르리라

광활한 대지와 창공을 나르는
자유의 새로 세계를 꿈꾸고 싶다

빛 바랜 날의 오후

낭만이 쏟아지는 그늘 밑
뽀얀 안개비가 내려온다

촉촉하게 얼굴을 적시며
아무렇지도 않은듯
희미하게 다가와 빛을 바래다
석양 빛에 물들여 놓고 간다

토담길 사이로 바람이 스치고
아낙네들의 물긷는 소리가
정겨웁게 들려 오는 저녁을
또다시 맞이하는 시간이다

할미꽃

살얼음 녹아내린 산골 마을에
퐁당퐁당 노래하는 시냇물 소리
버들강아지 방긋방긋 눈비비고
개구리는 잠깨어 긴 하품을 한다

애절하게 기다리던 양지 녘에
파릇파릇 얼굴을 내미는 풀잎
이름 모를 잎새가 봄을 노래하고
뒷동산에 노루 한 쌍의 사랑이야기

겨울을 이겨낸 보리밭 길 언덕에
할머니의 질척한 고무신 발자국들
겨우내 가마솥에 찐감자를 먹으며
긴 밤을 지새우던 정선 아리랑

고향 떠난 굳은비 추억 속으로
먼길 떠나신 우리 할머니의 이별
뒷동산에 할미꽃이 활짝 피면
한아름 품에 앉고 오신다 그랬지

기다림

소나무야

소나무야

님이 그리워서

님이 그리워서

등을 기대고

등을 기대고

우투커니 서 있구나

서선에 해가 지면

오신다는 그님

진달래가 곱게 피는 날에

사랑으로 물들여 놓고

그대 기다림으로 노래하며

노루 사슴

숨박꼭질 하며

사랑을 속삭이는

애절한 꿈을 꾸며

추운 겨울날

강바람 소리에

겨울 잠을 깨우며

자존심 하나

사랑의 절개로

하늘 한점 부끄럼없이

새계절을 맞이하듯

나는 그대를 기다릴테요

님의 노래

님이시여
일출봉에 해가 뜨고
월출봉에 달이 뜹니다

복사꽃 피는 봄날에
송학가루 휘날리는 봄날에
그대 진정 오시렵니까

묵은 해가 서산에 걸려
이별의 노래를 부르는 듯
석양의 빛이 그립습니다

그리움으로 날 위로하소서
님이시여
일출봉에 해가 뜨고
월출봉에 달이 뜹니다

서산마루

해 뜨는 동쪽 하늘에서
그림자 벗을 기다리는
서산마루 노송의 노래

까마득한 전설의 이야기
뱃고동 소리치면 깨어나
날 반겨 주려나 기다린다

님이시여 쉬엇다 가구려
목이 긴사슴처럼 외로웁소
홀로샌 긴밤 보다 서러웁소

석양빛 곱게 물들면 그대위해
모시적삼 차려 입고 춤을 추리
천년의 그리움은 노래가 되리라

시인의 외출

양평 물줄기를 따라
시인의 오솔길을 따라
억새풀 휘날리는 호숫가에
머물다 머물다 가는 시인

먼산 허리 휘어져 노을이 지고
땅거미 아롱거리며 춤을 춘다

길가는 나그네가 쉬어 가는 카페
낭만의 소리꾼들의 웃음소리가
은은한 고향의 향수를 뿌리며
또다른 인생의 꽃을 피우고 있다

만남

아주 오래전에
한번쯤 본 듯한
강원도 산골 소년을
나는 만났습니다

많은 세월 속에
까마득히 묻어 두었던
그리움 그리고 사랑의 노래

전설처럼 무르익어가는 야경
이야기의 보따리는 구슬을 꿰고
술잔위에 시가 흐르고

수많은 인생들의 이야기가
무대 위에서 순서를 기다리듯
미래의 숨결이 춤을 추고 있다

덕유산의 수묵화

신의 은총을 입은 덕유산이
겨울이 떠나가기 전
설경의 수묵화를 치고 있다

산자락마다 하늘을 우르르
한점 부끄러움 없는 모습을 하고
명작의 꿈을 꾸고 있다

설천봉에서 밤새 내리던 눈이 그치고
향적봉에서 향기를 담은 바람이
중봉으로 불어와 새아침을 맞이한다

옛날은 가고 없어도
노송의 흔적들이 봉우리마다
그림처럼 천년의 전설을 담아
안개 구름으로 내려 앉아
절개를 지키고 있다

하늘이시여

그대 손으로 빚으신 덕유산을

천년만년 아름답게 축복하소서

님이 오는 소리

하얀 밤
소복소복 소담스럽게
끝없이 내리는 눈
님의 발자욱 소리일까

창밖을 서성이다가
온 밤을 지새우는 여정
그 옛날의 노래를 불러보다
흘러간 세월만큼 그리움에 쌓여
진주구슬처럼 설움을 토해낸다

따뜻한 장작불이 아니면
얼어 있는 날 어찌 녹일꼬
설움을 달래다 잠이든다

오늘도 변함없이
새벽닭 우는 소리에
지친 영혼을 깨우며 기도한다
나의 님은 오시리라

깨어진 하늘이여

넓고 푸른 창공은
나를 외면하고 떠났다

검은 빛이 나를 에워싸고
사망의 골짜기가 내게 손짓하며
밧줄로 꽁꽁 묶어 벽장 속에 가둔다

아무것도 볼 수 없는 고요함
이것은 나의 죽음을 기다리는
또 다른 절망의 총을 겨루는 포수들
잔인한 가족들의 노래소리가
나를 죽이기 위해 칼을 가는 소리

사랑과 화목의 탈을 쓴 채로
조금씩 조금씩 나를 죽이고 있다
빛이 있어도 빛을 볼 수 없는 영혼
밤을 새우며 가슴을 치다 쓰러진다

보이지 않는 하늘을 쳐다보며

새희망의 노래를 부르며

춤을 추다 내 심장이 깨어나는 소리를 듣는다

하얀 겨울이야기2

하얀 겨울을 꿈꾸는
에덴의 동쪽 하늘에서
붉게 타오르는 아침의 태양은
온 인류에 가득 찬 사랑을
끝없이 노래하고 있습니다

가을이란
화려한 옷을 입으시고
희나리 춤을 추다가
가을의 외출
낭만의 여행을 마치고
거룩한 겨울을 맞이하는
꿈의 계절 하얀 겨울 이야기는
인류에 가득찬 소망입니다

형용 할 수 없는
우주의 신비함속에
지금 내가 존재하고 있다는 것과
그대가 존재하고 있다는 것은

인류에 가득 찬 은총입니다

세상의 묶은 때를 벗기고
하얀 눈꽃으로
천사의 옷을 갈아 입으시고
인류를 축복하는
찬란한 저 영광 속에 존귀함
그 신실하신 창조 속에서
새생명이 잉태하는 소리는
인류에 가득 찬 축복입니다

그 능력의 손으로 지으신
영원한 사랑의 물결
그것은 신의 영원한 영광입니다

아버지는 떠났습니다

나의 아버지는 떠났습니다

늦가을 하얀 국화꽃 향기속에서

노란 장미꽃 한아름 안으시고

이제는 편안히 쉬겠노라고

끝까지 포기하고 싶지 않았던

삶의 흔적들 속에 내가 있었고

당신의 분신인 후손들이 있었고

툭툭 털어 버릴수 없는 형제들이

자리하고 있어 당신의 아픔과

한많은 설움의 이야기를 남긴채

다시 돌아 올수 없는 머나먼 여행길에서

아쉬움의 손을 놓고

나의 아버지는 떠나셨습니다

꼭꼭 숨겨둔 아버지의 유품 속에

많은 세월 속에서도 끊을 수 없는 모정

할머니의 사진 한장

그리고 당신을 홀로 두고 가신 어머니의

사진과 두 분의 추억의 소품들이

퇴색된 누런 한지 속에 곱게 싸여

그리움의 노래로 설움을 달랬을 아버지

나의 아버지를 봅니다

이제는 당신의 영정 앞에서

머나먼 여행길을 떠나실 아버지를

아름답게 보내야 할 시간입니다

그곳엔 슬픔이 없고 아픔이 없기에

당신을 기쁨으로 보냅니다

나의 아버지는 떠났습니다

2012년 10월 31일

큰딸 금사랑 시인

95

봄

봄을 만났습니다

고향집 툇마루 할머니의 고무신
쇠죽을 끓이던 묵은 가마솥
묵은 바가지에서
봄을 만났습니다

먼 옛날 내가 거닐던 길목
황소가 울어대던 고향집 텃밭
앵두꽃 피던 길목에서
봄을 만났습니다

삽살개 지져대던 냇가
물레방아가 고장난 시계처럼
삐꺽 삐꺽 울어대던 길목
올챙이 논뚝길에서
봄을 만났습니다

돌다리를 건너 버들강아지를 꺾던 길목

산비둘기 구구대던 숲속

진달래꽃 길에서

봄을 만났습니다

시골장터 아낙네들의 노랫가락

짙은 삶의 애환에서

봄을 만났습니다

산유화

꽃바람이 비에 젖어 휘청거리는 오후
잔물결 숨소리 조아리며 웃고 있다

갯버들 늘어진 풀숲사이마다
봄 향기가 든든한 빛깔을 치는
4월의 봄을 노래하는 행복한 시간이다

별이 뚝뚝 떨어진 뚝방 길에는
개나리 처녀가 단잠에서 깨어나
진달래꽃 한 아름 꺾어 들고
산유화 장단에 탱고를 추고 있다

감성 예민한 프로포즈

어느 봄날에
감성 예민한 바람이
사랑의 속삭임으로
입맞춤을 하며
사랑의 세레나데를 불렀다

4월의 목련화가
재회의 편지를 써
님의 창가에 띄워 놓고
빗방울 소리에 흠뻑 젖어
달콤한 키스를 기다리다가

순결을 토해내는 하얀 피부결
그 교차선에서
천년의 사랑을 고백하고 있다

3월의 첫사랑

긴 겨울날의 이야기가
연극처럼 바람과 함께 사라지던 날
3월은 설레임으로 살며시 다가와
봄의 향기를 뿌리며 입맞춤합니다

첫사랑의 편지를 쓰듯
행복한 마음을 제한 할 수가 없습니다

봄비 속에 흐르는 전율은
청순하게 신비로운 언어로 다가와
우주공간을 바람처럼 맴돌다가

제비꽃 청노루귀에게
사랑을 속삭이며 함께 춤을 춥니다

봄비의 여인

봄비가 빈 창문을 두드리다
목이 말라 허덕이는 것처럼
소리없이 대지위에 떨어진다

아무도 비의 사연을 묻지 않아
회색빛 하늘만 쳐다보고 있다

화려한 빛깔의 정체를 하고
엉덩이를 마구 흔들던 여인이
제 그림자를 잊어버린 채
초란한 미소로 한숨만 쉬다가
무거운 발걸음을 옮기며 간다

초라한 그녀의 눈동자에서
봄비가 내리고 있는 것일까

칠면조 날개로 포장을 하여도
그녀를 찾는 이가 없다
계속 봄비가 내리고 있다

나는 봄이 되고 싶다

봄 햇살에
나의 창문을 여는 봄
나는 봄이 되고 싶다

마당 끝에서 피는
앵두꽃의 초롱초롱한 눈빛처럼
나는 봄이 되고 싶다

오솔길에서 옹기종기 피어나는
노란 민들레의 꿈처럼
나는 봄이 되고 싶다

개여울에서
올챙이가 알몸을 드러내는 봄
개구리가 헤엄을 치는 봄
나는 봄이 되고 싶다

농부들의 쟁기질에 황소가 우는 봄

강가에서 웃고 있는 버들강아지의 봄

봄처녀가 새옷을 갈아입고

징검다리를 건너는 봄

나는 봄이 되고 싶다

꿈을 꾸는 사람들

사람들은 모두 꿈을 꾸며 삽니다
그 꿈이 아름답게 되기를 기도하면서
그 꿈을 미래의 시간 속에 묻어두고
한걸음 한걸음 조심히 행진을 합니다

믿음을 심고 소망과 사랑을 심어
저 하늘에 가득 채우며 노래를 부르며
때론 비바람과 폭풍이 휘몰아쳐도
인생 여정의 꿈을 꾸며 길을 가는
아름다운 나그네로 여행을 해야 합니다

보이지 않는 터널 속에서
꿈과 희망을 깨우고
축복의 사람 그 존재의 이유를 남기기 위해
사랑의 씨를 뿌려야 합니다

동화 속에 피어나는 백설의 나라

위대하신 신의 은총을 기다리는 것처럼

또 다른 미래가 사랑의 불꽃을 피우며

새 옷을 갈아입고 거룩한 춤을 춥니다

토마토

신의 축복으로
사랑의 빛을 빚어낸
아침 이슬처럼
영롱한 눈빛의 호수

투명하게 하늘을 보며
곱게곱게 꽃물 들이다
연지곤지 빨갛게 찍었나

평화의 산책길에서
형용 할 수 없는 기쁨으로
약속의 손을 꼭 잡고

숲속 웨딩마치의 꿈을 꾸며
천년처럼 또 하루를 익히며
영원한 사랑을 노래하고 있다

떠나가는 배

비개인 오후
무지개빛 강물을 타고
여행을 떠나는 배 한척에
손을 흔들며 몸을 실었다

뱃고동 소리도 없이
둥실둥실 떠나가는 배
푸른 숲 그늘 속을 헤치며
은하수 돌다리를 놓는다

먼 옛날 아씨의 꿈으로
그리움의 편지를 쓰며
어떤 약속이 있는 것처럼
정처 없이 떠나가는 배

강남 하늘

강남 하늘에
먹구름이 돌다돌다
탱고춤을 추며
하나씩 거리에 내려앉는다

휘청거리는 내온빛에
술잔이 익어가는 소리
낭만이 익어가는 소리
우정이 익고
사랑이 익어가고 있다

거리를 적시는 빗소리에
잠에서 깨어나는
영혼들의 숨결처럼
부드럽게 속삭이는 음악
강남의 일기장에 하루를 쓴다

보리수의 사랑

싱그러운 햇살 머금고
보리수가 익어가는
한 낮의 정열 속에
약속의 입맞춤으로
사랑을 속삭이고 있다

아주 먼 옛날
천년을 기다렸을 것 같은
설레임에
불꽃이 피어난다

누이같이 하얀 속살에
노랗게 빨갛게 색칠을 하고
연두 빛 고운 옷을 갈아 입혔다
영원한 사랑의 손을 꼭 잡고
당신은 나의 사랑이야 라고
새 이름의 명찰을 달아 주었다

고향의 바다

산바람이 강바람이
신의 은총으로 태어나
바다에 출렁이며
전설 속에 꿈을 토해낸다

바위 섬 하나
바위 섬 둘
돌다리를 놓으며
명작의 그림을 쳤다

동해 바다는 푸른 빛으로
비취보석으로 단장하며
영롱한 빛으로 태어나
영원한 사랑을 꿈꾼다

태초의 사랑은 흘러흘러
타오르는 태양을 품에 안고
새아침을 기다리는 생명으로
파란하늘 눈동자에 입맞춤한다

산책길에서

숲이 우거진
향토길을 홀로 걷는다
먼 옛날 고향에서 불던
바람처럼 향기가 젖어 오고
풀벌레들의 울음소리가
아름다운 음악처럼 익숙하게
나를 맞이하고 있다
순결한 나의 감성 속에서
요동치는 그리움의 노래소리
사랑이 머물 수 있다면
그냥 이대로
어두운 밤을 맞이하고프다
그리고 밤하늘의 별을 세며
그대에게 하고픈 말 전하고 싶다
진정 그대 이름을 부르고 싶다

생명의 빛

새벽 닭 우는 소리에

잠에서 깨어나는 영혼

생명의 빛이 흘러 강물이여라

거룩한 십자가의 사랑

절망 속에 생명의 꽃이 되어

검은 하늘에 막을 내리고

부활의 영광을 노래하는 그대

그대는 나의 빛

그대는 나의 생명이여라

야생화

여린듯 여린 모습으로
잡초처럼 싹을 틔우며
홀로 얼마나 아파했을까

비바람 폭풍이 몰아치면
또 얼마나 두려웠을까
꽃을 피워야만 하겠기에
억센 정열로 참아야 했겠지

오솔길을 지나 거친 산기슭에
도란도란 예쁜 꽃송이들이
사랑을 속삭이듯 활짝 웃고 있다

바스락 갈잎의 소리를 들으며
풀벌레들의 울음소리를 들으며
자연의 신비의 사랑를 먹으며
오늘도 희망의 노래를 부르고 있다

꽃잎이 지는 계절

꽃잎이 뚝뚝 떨어지는 날
한 모금 물을 기다리다가
메마른 나무위에 사뿐히 앉아
마지막 고귀한 자태로 웃고 있다

이별보다 슬픈 노래로
사랑을 고백하는 계절
나즈막히 내려앉은 겸손으로
꽃잎에 수를 놓아 드리려고
몇 달 며칠을 기다렸을까

꽃잎이 피는 소리
꽃잎이 지는 소리
사랑의 노래가 들리고
이별의 노래가 들린다

여름의 향기가 짙어지는 계절
사랑이 익어가는 계절이다

세월의 강

기도하는 아침
다정한 햇살처럼
창가에 앉아
그댈 기다리고 싶다

먼 옛날
소녀의 꿈처럼
가슴 설레며
하루의 일기장속에
사랑을 묻어 두고
사랑의 노래를 부른다

네잎 클로버의 사랑은
기다림에 지친 나를
외면하는 것일까
세월의 강은 말이 없다

고목나무에 핀꽃

깊은 숲 길 언덕에
서러운 고목의 눈물로
꽃잎을 피워 놓고
그리움의 노래를 부릅니다

세월의 흔적 속에서
아프다는 말 대신에
꽃잎을 뿌려 놓으시고
사랑하는 님을 기다립니다

살아서도 죽어서도
순결한 아씨의 절개로
천년의 사랑을 지울 수 없는
슬픈 고독으로 태어났습니다

새벽 안개 하얗게 피고
어둠이 또 내려온다 해도
그리움 하나로 기다리겠습니다

기쁜날 좋은날 그리고 아름다운 날

이른 아침
햇살 맞으며
또 하루의 꿈을 꾼다

꽃길에서
춤을 추던 아지랑이
솔잎 향기 속에 앉아
파란 하늘가에 머물다

종달새 노래 소리에
영혼의 잠에서 깨어난다
생명의
물줄기를 뿜어내는
계곡의 싱그러운 녹음
신의 은총을 노래하는 산천이
함께 사랑의 날개를 펴고

또 다른
축복의 꿈을 꾸는
기쁜날 좋은날
그리고 아름다운 날

사랑의 꽃을 피운다

내게 생명이 있기에
꽃이 피었다는 것이다

그러나 꽃은 시든다
그후에는 어떤 정체로
또다른 생명을 말할 것인가
기쁨과 소망 그리고 축복을
노래하는 세계가 있다면
나는 그 곳을 꿈꾸고 싶다

그 꿈을 그리움의 시로 쓰듯
일기장속에 차곡차곡 쌓아보자
긴 시간이 아니어도 괜찮다
아니 길어도 싫지 않을 것이다

아들의 아들아 읽어야 할
사랑의 시가 된다면
나는 포기하지 않으리라
나는 끝없이 사랑의 씨를 심고
끝없이 사랑의 꽃을 피우리라

유월의 장미

유월의 장미가 세월의 강을 건너다가
뜨거운 햇살 맞으며
빗방울 스쳐 가기를 기도하면서
마지막 촛불 하나 단상에 내려 놓습니다

지구를 한 바퀴 돌아와도
길지 않은 초월의 공간에서
그 누구를 기다리는 것일까

어제는 빨간 얼굴을 하고
오늘은 노란 얼굴을 하고
내일은 핑크빛 화장을 하고
그렇게 꿈을 꾸는 아이처럼
생명의 빗소리에 귀를 기울입니다

발문 사계와 사중주곡의 세계

김유조

시인/ 세계 한인작가연합 공동대표/ 건국대 명예교수 (전 부총장)

금사랑 시인이 새로 엮은 시집의 구성을 보면서 문학의 영원한 주제중의 하나인 "시간"이 시인을 사로잡고 있고 시인도 또한 시간을 붙잡고서 한 뜸 한 뜸 자수를 놓기도 하고, 매듭을 매기도 하고, 때로는 대바늘 뜨개질의 몸 사위 같았다.

엘리엇이 "네 사중주곡"에서 집요하게 천착해 나아간 주제가 바로 시간이고 영원성이고 시시각각의 정지된 시간인데 이 시집에서도 시간이 끊임없이 드나든다.

우선 "네 4중주"에서, 엘리엇의 시간 개념을 개관해보면 시간은 지속이기 보다 순간이며 역설적이라서 의지와 이지 속에서만 존재한다고 선언한다.

과거의 시간과 미래의 시간

의식만을 허용할 뿐이다.

(중략)

과거와 미래가 연루된 순간을 기억하라

단지 시간으로 시간을 정복할 수 있다

-〈네 4중주〉 중에서

금사랑 시인은 이보다 훨씬 겸손한 자세로 시간의 흐름을 대하고 의식한다. 시간이 어찌 멈추랴. 그러나 훌쩍 지나가는 시간이 정지해 있기를 바라는 마음과 실재적 시간 추이의 괴리에 대하여 "고장 난 시계"라는 의식으로 환치하려는 간곡한 마음이 그 자태를 드러낸다.

내 속에 자동시계가

쉬지 않고 뚝딱뚝딱

종을 울리며 가고 있다

예고 없는 무관심이

경계의 벽을 만들어 버리면

관계의 형성이 무너져

고장 난 시계가 되어 버리고

내 속에 숨어 있는
정이란 수동시계를 꺼내어
따뜻한 보수 공사를 한다

따뜻한 심장이 온 몸을 녹이며
경계의 벽을 허물어
또다시 생명의 꽃이 피고

시계 바늘은 현재 진행형으로
뚝딱뚝딱 쉬지 않는다

-〈고장난 시계〉 전문

　　엘리엇의 "시간은 시간을 통해서만 정복할 수 있다"고
고백한다(103행). 시간은 단지 의식 속에 존재하며 또한
존재하지 않는다. 과거와 미래가 서로 감싸 안는다. 그들
은 분리되어 있지 않다. 서로에게 영향을 주고받는다. 과
거와 미래는 '현재의 순간' 속에서 결합된다.
　　금사랑 시인의 의식도 또한 마찬가지이다. 그러기에 그
가 구획한 네 개의 영역 각 부에도 사계는 수시로 들락거
리고 또한 병치, 공존한다. 여름으로 이름 한 제1부에도
"눈 덮인 모래성의 황무"라는 시제가 가능한 이유이다. 가
을에도 4월과 5월의 이야기가 나오는 것은 마치 비발디의

"사계"에서도 계절 표현의 근간을 이루는 얼개는 항상 같은 멜로디임을 상기케 한다.

그러면 우리가 살아내는 시간의 흐름도 어찌 계절에 따라 그 면모를 달리하랴. 이런 시적 전략이 공감을 불러일으킨다. 소설 문학이지만 "누구를 위하여 종은 울리나"에서 헤밍웨이는 피레네 산맥 속의 게릴라 마을에서 하루 중에 사계가 다 들어찬 배경을 그리고 있다. 여름 햇살 속에서도 눈 자락이 뿌린다. 삶은 그렇다.

이러한 복합의식 속에서 금사랑 시인이 추구하는 시적 표적은 과연 무엇인가. 시집의 전편에 흐르고 있는 절절한 어휘는 바로 "사랑"이다. 하지만 그 사랑의 본질을 천착해보면 이 시인의 영토 속 사랑이란 에로스를 뛰어 넘어 아가페의 영역임이 기도와 기원의 형태로 곧장 드러난다.

파란 하늘의 정직한 말
비굴한 사랑을 구하지 마 / 생명의 소리가 들리지
않아 / 별빛 총총히 수를 놓아 주면 /
밤하늘의 축복이 내게 오는 거야 / 파란 하늘의 정
직한 말로 / 사랑의 노래를 부르자

천년의 미소

그대의 사랑이 영원하다면 / 한 점 부끄러움 없는 /
내 천년의 미소를 / 오직 당신께
드리겠습니다 (중략) 내 천년의 미소를 / 오직 당신께
드리겠습니다

한편 "찔레꽃 당신이여"에서 간절히 희구하는 사랑은
"먼 길 떠나신지 오랜 세월" 속의 어머니의 모습임도 드러
난다.

물론 영역 제목이 I love you / Gold love에서 보듯이 그
사랑은 여름 축제처럼 뜨겁고 강렬하게 다가오기도 하지
만 그 실체는 에로스와 아가페의 승화된 상태라고 여기지
않을 수가 없다.

이제 〈1부 여름〉에서 자신의 시 세계를 천명한 시인은
〈2부 가을〉의 배경인 바로 그 가을 속으로 의식을 옮기고
확장하여 나아간다.

가을
붉은 옷 갈아입고 / 두 손 들고 함성치는 / 설악의 단
풍들 노래 // 수많은 사연들을 / 가슴에 꼭꼭 숨긴 채
로 / 살포시 예쁜 미소 지으며 / 또 다른 계절을 위해
떠난다 // 아무런 미련도 약속도 없이 / 계절은 다시
피어나 / 영원한 사랑을 꿈꾸며 / 천년의 노래로 설움

을 달랜다

　가을의 현상학에서 시인은 결실을 노래하기 보다는
"영원한 사랑을 꿈꾸는" 존재가 된다. 시심은 시간의 추
이에 가슴아파한다. 하지만 내부에 있는 아가페의 요소
가 금방 다시 시인의 마음을 사로잡는다. 창조의 춤을
추며 시인은 사랑의 음조를 불어넣는다.

> Creative dance/Gold Love
>
> Finely glow light / Impedance day in heaven / For
>
> you / Dance of love // In the firmament haven /
>
> Sound winds / Filled with earth / Melody of love /
>
> To proclaim the joyful sound / Cries peace

　그리고 시인은 마침내 "가을의 이야기"에서 세월의 이
야기를 하며 아름다운 노래를 하겠다고 자신을 다독인
다.

> 가을은 정처 없는 나그네로 / 겸손히 옷을 벗어 버
> 리고 / 겨울이 오기 전에 떠나버렸습니다 // 남긴
> 것은 그리움과 낭만의 시 / 흔적 없는 고요함속에
> 서도 / 마지막 잎새는 바람을 맞으며 / 떠나간 님을
> 위해 아름다운 노래로 / 많은 세월의 이야기를 하

겠지요

　사실 이 시집에서는 "노래"라는 어휘가 항상 두루 존재
함을 느끼게 된다. 금사랑 시인이 대학에서 성악을 전공
했다는 사실을 상기하면 운율 가득한 시인의 시에 더욱 공
감이 간다.
　시란 노래의 율격으로 그 바탕을 하고 있음은 새삼 강조
할 필요도 없다. 가을의 운율 속에, 그리움이, 사랑이 함께
혼입되는 감상의 무게가 어찌 가벼우랴~.

　　가을은 성숙한 모습으로
　　살며시 내게 다가왔다

　　여름날의 무성함을 버리고
　　겸손히 가을 옷을 갈아입고
　　많은 사람들의 기쁨이 되기 위해

　　　　　　　　　　-〈가을날의 그리움〉 일부

　　추운 겨울
　　당신의 따뜻한 손을
　　잡을 수 있어서

정말 행복 합니다

얼어 있는 내 가슴을
녹일 수 있는
당신의 따뜻한 가슴이 있어서₩
정말 행복 합니다

- 〈나는 행복한 사람〉 전문

이쯤 되면 "사랑하는 당신"의 존재에 대하여 독자가
잠시 의혹의 눈초리를 가질 때 시인은 얼른 그 대상의
저변을 시 속에서 노래하고 밝힌다.

하얀 겨울을 꿈꾸는 / 에덴의 동쪽 하늘에서 / 붉게
타오르는 아침의 태양은 / 온 인류에 가득 찬 사랑
을 / 끝없이 노래하고 있습니다 (중략)
그 능력의 손으로 지으신 / 영원한 사랑의 물결 /
그것은 신의 영원한 영광입니다

- 〈하얀 겨울이야기2〉 일부

마침내 겨울이 되고서야 시인은 자신의 아버지가 지
난 가을에 돌아가셨음을 시 속에서 절절히 회억하고 있
다. 과거와 현재와 미래시간이 한 순간에 이중인화 되는 의식을 체감하게 된다.

겨울 동토 속에서 가을에 떠난 육친을 그려보며 깊은 침잠을 겪는 금사랑 시인이지만 복합의식 속에서도 계절의 추이는 어쩔 수가 없어 이제 희망의 봄이 돌아온다. 노래하는 시인이 봄의 소리 대축제에 가만히 있을 수 없다. 몸 속의 세포들이 생동하는 계절에 시인은 음정을 높인다.

4부 구성에서 〈제4부 봄〉을 맨 마지막에 둔 시인의 마음과 시적 의도를 알 것만 같다. 알프레드 테니슨이 "사우가(In Memoriam)에서 친구의 돌연사를 맞으며 17년간에 걸쳐서 쓴 쓰라린 시심의 경과를 음미하게 된다. 젊고 똑똑하고 정의롭고 실천적인 친구가 어느 날 갑자기 심장병으로 쓰러지자 테니슨은 먼저 울분에 가득차서 세상과 신에 대한 거부의 몸짓을 보낸다. 오랜 시간 그렇게 부정적이고 반신적인 시를 써나가던 그는 마침내 신의 깊은 섭리와 뜻을 이해하고 받아드리며 맨 나중에 쓴 시를 "사우가"의 맨 앞에 놓게 되며 기도를 통한 회개와 신생을 바라게 된다. 금사랑 시인의 시집에서 "봄"이 여름-가을-겨울의 온갖 사유와 통한과 회억의 맨 끝으로 오면서 신생과 재생을 꿈꾸는 포맷이 알프레드 테니슨의 희구와 일맥상통하게 느끼는 것도 과언은 아니리라.

긴 겨울날의 이야기가 / 연극처럼 바람과 함께 사라지던 날 / 3월은 설레임으로 살며시 다가와 / 봄의 향기를 뿌리며 입맞춤 합니다 // 첫사랑의 편지를 쓰듯 / 행복한 마음을 제한 할 수가 없습니다 // 봄비 속에 흐르는 전율은 / 청순하게 신비로운 언어로 다가와 / 우주공간을 바람처럼 맴돌다가 / 제비꽃 청노루귀에게 / 사랑을 속삭이며 함께 춤을 춥니다

                              -〈3월의 첫사랑〉 전문

　물론 이 순간까지도 사랑의 대상이 오로지 신성에 대한 것인지 인성적 대상도 함께하는 지는 보는 시각에 따라 다소 중층적 혼란을 겪을 수도 있다. 아니 너무 그렇게 좁고 교조적인 시각으로 이 우주를 내다볼 필요는 없을 것이다. 절대자가 지으신 이 세계에서 생명을 받아 태어난 한 인간으로서, 특히 노래하는 시인으로서 너무 가슴을 닫을 이유는 없다. 오히려 그런 자세가 역설적 신성모독일지도 모른다. 생각해보면 캔터베리 대주교의 위치에도 오른 형이상학파 시인 존 단의 경우, 성적(性的)인 시의 시절을 거쳐서야 마침내 성적(聖的)인 시 세계로 승화하지 않았던가. 또한 그 두 세계의 변경에는 얼마나 복합 중첩적인 시세계가 서로 접경하고 있지 않던가.

누이같이 하얀 속살에 / 노랗게 빨갛게 색칠을 하고 /
연두 빛 고운 옷을 갈아 입혔다 / 영원한 사랑의 손을
꼭 잡고 / 당신은 나의 사랑이야 라고 / 새 이름의 명
찰을 달아 주었다

-〈보리수의 사랑〉 일부

"새 이름의 명찰"은 바로 신생과 재생(중생)을 뜻하지 않
겠는가. 이제 정말 봄이 오면 고향 땅 동해바다도 생각이
나고 마침내 오랜 겨울잠에 묻혀있던 의식의 생명력이 솟
아오르고 부활의 축복을 음미하게 된다.

금사랑 시인의 시간의식과 인식은 엘리엇처럼 차가운
이성으로 흐름을 정지시키려는 그런 물리적인 방식은 아
니다. 언제나 시간이 흐른다는 인식에서 벗어나거나 부정
하려는 것이 아니다. 어쩌면 윤회적 인식이기도하다. 항
상 진행되는 시간이라는 인식 속에서 오히려 시간의 속절
없는 흐름을 극복하려는 자세가 보인다. 다음의 시가 더
욱 그러하다.

메마른 대지를 적셔 주는 봄비 / 그것은 현재 진행형
의 축복이다 / 영혼의 갈급함에 꽃을 피우는 소망 /
그것은 현재 진행형의 축복이다 // 행복을 꿈꾸는 자
연의 신비의 발견 / 그것은 현재 진행형의 축복이다

// 내가 사랑하며 축복하며 사는 긍정 / 그것은 현
　재 진행형의 축복이다

-〈현재 진행형〉 전문

　"시인은 시간을 통해서 시간을 정복할 수 있다"고 노
래한 엘리엇과 일맥상통하며 깊이 교호한다. 엘리엇이
형이상학적인 세계를 추구하였다면 금사랑 시인은 낭
만적, 정의적 세계에 더욱 역점을 두고자 할 따름이다.
그러면서도 로고스적인 사랑으로 더욱 차원을 높여 심
취하고 있으니 시간은 수단이다. 시간의 수단이 그 수단
을 지배한다. 과거를 통하여 현재를, 현재를 통하여 미
래를 정복할 수 있다는 시심이 용출한다.

　엘리엇(T.S. Eliot)은 "태초에 나의 종말이 있다"(In
the beginning is my end)라고 "네 사중주곡"에서 고백
한다.(104행) 모든 생명체는 태어나는 순간부터 죽어간
다. 엘리엇에 의하면, 태초의 시간과 종말의 시간은 동
등하며 동시적이다. 알파요 오메가(계1:8)이다. 계시록
적 시간은 현재적 미래이며 미래적 현재이다. 금사랑
시인도 이러한 인식에서 궤를 같이한다. 아래의 시가 가
장 적절한 현현이 될 것이다.

내게 생명이 있기에 / 꽃이 피었다는 것이다 // 그러
나 꽃은 시든다 // 그 후에는 어떤 정체로 / 또 다른 생
명을 말할 것인가 / 기쁨과 소망 그리고 축복을 / 노
래하는 세계가 있다면 / 나는 그 곳을 꿈꾸고 싶다 //
그 꿈을 그리움의 시로 쓰듯 / 일기장속에 차곡차곡
쌓아보자 / 긴 시간이 아니어도 괜찮다 / 아니 길어도
싫지 않을 것이다 // 아들의 아들이 읽어야 할 / 사랑
의 시가 된다면 / 나는 포기하지 않으리라 / 나는 끝
없이 사랑의 씨를 심고 / 끝없이 사랑의 꽃을 피우리
라

- 〈사랑의 꽃을 피운다〉 전문

　태초와 끝, 알파와 오메가의 시간 속에서 신생과 부활과
중생을 노래하는 시인, 바로 금사랑 시인은 신성과 인성의
중층적 사랑으로 우리의 삶을 노래하며 영원토록 새로운
시를 짓고 또 지을 것이다.

밀담

초판 발행 2015년 6월 18일

지은이 금사랑
펴낸이 노승택
펴낸곳 도서출판 다트앤

등록 1998년 9월 15일
등록번호 제22-1421호

주소 서울특별시 종로구 삼일대로 30길 21,
　　　낙원동 종로오피스텔 1214호
전화 02-582-3696 **팩스** 02-3672-1944

값 10,000원
ISBN 978-89-6070-586-9ı03810

여름